JN115826

句集

大桜

ōzakura
setsuko maeda

前田攝子

本阿弥書店

句集　大桜＊目次

装幀　小川邦恵

句集

大桜

前田攝子

華鬘草

雑兵の鎧は粗し雪解風

中洲痩せ獺魚を祭る候

囀や大きく曲がる森のみち

山肌に日溜りのあり春しぐれ

下萌や葭小屋前の水溜り

睥睨の鳶や榛の木芽ぐみたる

前山の雲ほどけゆく雛かな

鳶啼いて立子忌の空晴れてくる

啓蟄の開運そばを啜りけり

本尊とひとしく燻り彼岸婆

山越えの風の触れゆく花辛夷

清明や風が消しゆく尾根の白

フェノロサの墓へ山みち紅椿

岩塩のくれなゐ削る花の昼

法要の日取り決めをり花の下

さざなみに艇をゆだねて花仰ぐ

花冷や疏水のそばの救命具

雛すでに軍鶏の姿や花はこべ

春風邪に用心とある暦かな

山墓へ身の幅の階けまん草

巣籠りの見張りの胸毛吹かれをり

風呂敷に包む兜や春祭

石打つて落とす靴砂鳥の恋

古草や沼べりに立つ虫柱

靴脱いで詣づる社日の永き

菅浦の雨粒はづむ蜆桶

宮道に雨の八朔捥ぎてをり

橋桁に残る数式つばくらめ

自転車で運ぶ弁当鳥雲に

遠き樹に風の音あり五加木飯

子雀や白き羽毛を尾にとどめ

対岸の町並白き遅日かな

春宵や首席奏者の構へたる

晩春の鴨まるまつて浮くばかり

するするとゴンドラ進む残花かな

源流に切つ先触るる落し角

青胡桃

燕の子令和の空へ翔りけり

新緑や己が長所を書く課題

セミナリヨ跡玉葱の太りをり

真白なるソックス走るこどもの日

山へ入るはじめの桂若葉かな

はやばやと馬の来てゐる祭かな

噺きを交し出を待つ祭馬

神前に熟鮓の桶うち開く

光切る素振りの竹刀風薫る

すべすべと青きみづうみ更衣

田水まだ濁りを解かず桐の花

鳥声の下に摘みゆく夏蕨

梅雨寒の回転椅子の軋みかな

木の花の絮飛んでくる芒種かな

日本語はしづかな言葉額の花

竹植ゑて風の音聞く夜更かかな

坐りよき石あり毛虫落ちてくる

ゆく道を疑ひをれば時鳥

林中の墓に日のあり時鳥

はんざきの機嫌のまなこ雨催

山椒魚けむりのやうなものを吐く

指広げきつて半裂動き出す

時計草ひらきて閉ぢて忌の近し

降りだしの雨つぶ痛し青胡桃

保育士の大きなリュック桑いちご

客船の陰より漁船南吹く

八合目以下は大雲海の中

ゆふぐれの風の立ちたる円座かな

大阪の端を踏みたる汗拭ふ

はるかより水音のあり風炉点前

正面に向き線となるヨットかな

芯残る飯を分け合ふキャンプかな

たたなはる嶺を一つに夏霞

王族の墓域の丘やへびいちご

いつまでもみづうみ暮れぬ青葉かな

上のみちとれば横川や九輪草

夜濯ぎのみな夜のうちにかわくもの

子どもらに学校ありぬ青田風

稜線の力増しくる夏書かな

米糠をたらふく食ひぬ羽抜鶏

高枝より蛭の落ちくる光かな

亡き夫に腕白時代桑いちご

みづうみの暮るるを待ちて大祓

掛香や膝へ引き寄せ袋帯

仕事なき午後の眠たし金魚玉

瓜きざむ日にち薬の効いてきて

大切にされて老け込む冷奴

朝日さす梢を得たり四十雀

くるくるとこけし生み出す甚平かな

帰省子のむやみに尖る靴の先

切支丹灯籠までを水打てり

鞍馬より久多へ抜けたり蕗の雨

柘榴

盆東風や港へ開く勝手口

携へて莩殻の丈を持て余す

ステイホームあさがほの花かぞへては

青北風や島の奥にも島見えて

鳥兜より二の沼の始まりぬ

高原の風は小刻み秋あかね

伊吹嶺の風の上々燕去ぬ

かりがねや能面祀る峡の里

彫像のくるぶし細し水の秋

雨去りし青空あらた檸檬切る

小鳥来るウッドデッキのまだ濡れて

鳥渡る汀に長き砂の稜

水底に光る真砂や雁渡し

月を待つ志賀のさざなみ聞きながら

かまつかや西空の日の刺すごとし

秋うらら皮に値を書く土生姜

追肥を撒きて参ずる在祭

傷みたる葉の音まとひ芭蕉破る

栃の木の影を置きたる稲田かな

筵にも笊にも栃の実を干せり

唐崎の松の病みをり昼の虫

秋冷や土嚢の並ぶ半地階

干柿のまだふくふくと柿の形

猟銃の店へ入りゆく秋日傘

荒ぶとも見えず海鳴る芒かな

鉢物の百霜降の水貰ふ

日の中へ野みち始まる柘榴かな

吹くうちに温もつてきし瓢の笛

木の実降るしづかに水の湧くところ

てきぱきと動くわが影冬支度

うそ寒やチャージ機さつと札を吸ふ

東塔も横川辺りも霧らふなり

螻蛄鳴くや敷居に蠟を引きをれば

各停の七分停車芋嵐

ひたすらに野を歩きけり文化の日

辛さうな岳の名をもつ新走り

晩秋や音から翳るさざら波

空過る鳥影ひとつ冬支度

伐採を免れし杜小鳥来る

秋惜しみ自決の作家惜しみけり

枇杷の花

山羊の子の顎よく動く小春かな

寄せ波の不意にざわつく神の留守

忌の庭に集まつてゐる雪蛍

裏戸より出入りしてをり神無月

笹鳴や川筋逸れてゆく小径

ぬる燗に拘る人とおでん鍋

山門へ水に沿ひゆく小六月

朱肉の朱のこる指先冬浅し

菓子の祖へ置くひとつぶの冬苺

山暮れて水鳥暮れて水暮るる

貴人に都落ちあり竜の玉

木枯や骨付き肉をぶら提げて

日表の朴の落葉に湿りあり

僧坊に届く小箱や枇杷の花

鶏犬の相聞えくる冬田かな

短日の両手を塞ぐ紙袋

丹念な書き込みの文字冬灯

枯蘆や浪速にいまも渡し船

枯山となりて日差しをほしいまま

付合ひの酒無うなりしおでん鍋

葭小屋といふ冬ぬくきところかな

冬麗や鳥の運びしものの育ち

岩肌を日表にして山眠る

座つてはならぬ椅子あり十二月

着ぶくれて母校の門を素通りす

一陽来復あけぼのすぎは天を突く

煤逃に大きな魚の掛かりたる

百年のオルガンの鳴る年の夜

漣の幾連なりや初景色

冠雪の嶺迫りくる大日

四日はやパン屋に並ぶ男たち

若菜摘沼ひと巡りしたりけり

薺がゆ吹いてひとりの湯気ゆたか

大阿闍梨祈禱の鏡餅ひらく

裏手より鶏を見てゐる寒さかな

腸の味もたぬ氷魚が喉通る

目印にせよ霜晴の時計台

蕪を引く神代文字の碑の後ろ

匙が生むスープの渦や風邪心地

遠出することの減りたり花八手

めでたき名貰ひし山の眠りたる

梁も鮟鱇鍋の湯気の中

冬ぬくし足許に置くたも疑似餌

梁の古さ称へてゐる炉端

野梅

雪代の闇を貫く響きかな

春霙いつもどこかが明るくて

御僧の衣を顕つ香や寒明くる

手土産に外郎提げて春めきぬ

リハビリのしづかに進む雪解かな

ぐいと上るヘアピンカーブ木の芽晴

囀や野に広げある漁の網

野の梅の白てふ翳りやすきもの

梅の香の満ちたる崖に行き止まる
せせらぎのあれば梅の香広がりて

春寒く雨だれを聴く夜更かな

土佐みづき日向みづきと咲き揃ふ

応対の声裏返る四月馬鹿

愛されることしか知らず入学す

ひとひらも散らさぬ風の大桜

花人を抜け西行に逢ひにゆく

庇まで薪積み上げて山桜

大粒の雨となりたる桜かな

にはとりの声近くある花筵

をちこちに花見ゆる田を均しけり

仄光る淡水パール亀鳴けり

それぞれがそれぞれに揺れ日の永き

花こぶし山へ入るに川を跳び

花明かり馬の匂ひの鞍磨く

騎馬すがた師と瓜二つ辛夷咲く

ほぐれゆく飛行機雲や夕雲雀

新しき駅の名長しチューリップ

雨の日の風船退屈してをりぬ

鳶は声ころがし土筆闌けてをり

蜑路地に春雨傘のつかへけり

春の夜や『新體詩抄』初版本

円描くに一羽遅れて春の鳶

すれちがふ人とのあはひ桜散る

夕長し田を浸しつつ水照つて

湿りゐる枝の切口鳥の恋

松風の下より出だす諸子舟

春の日や「土蜘蛛」果てし糸の嵩

そこに山そこにみづうみ芹洗ふ

日面の道を選りけり春日傘

行く春や砂を離さぬ虚せ貝

古草のなほ立ち上がる力かな

湯気吹いてすすする番茶や別れ霜

僧房といふ春陰の濃きところ

白髪を褒めそやされて春惜しむ

万緑

夏立つや山のもの盛る志野の皿

もう朴とわかる姿に若葉して

仏名の山の石楠花明かりかな

病中を生きたる母よ母の日よ

母の日を子の言ひなりに過ごしけり

碧玉の殻を残して巣立鳥

働かぬ爪よく伸びる薄暑かな

知り人に逢ひたるやうに蟇鳴けり

さみだれや人頼みなることと増えて

うぶすなの風渡りくる余り苗

弘法の水もて沸かす枇杷葉湯

羅の見入つてゐたる鬼女の面

ほつれたる葉に風のある大茅の輪

船員と並びて潜る茅の輪かな

なりはひの海の暮れゆく夏越かな

前栽に引つかかりたる竹の皮

雨音をすり抜けて来る夜の雷

片白草傘を仕舞へばまた降つて

岳人の覗いてゆきし夏行かな

姫沙羅の庭へ耳門をくぐりけり

ががんぼや真昼音なき漁師町

はかばかしからずといらへして暑し

葭切や水輪の中に水輪生れ

陽に糸の褄れて烏瓜の花

祇園会や京を故郷として老いぬ

万緑やふくらはぎ押す渓の水

向かひあふ閻魔と如来お風入

天日を待ち風を待ち竹煮草

夜光虫街は遠き灯滲ませて

夏野より戻りて馬柵に鞍干しぬ

鴇草のあまりに細き翼かな

一つ葉や出家てふこと女にも

孑孓のあめつちとなる鉢一つ

沼尻は波の及ばず蒲の花

腰蚊遣我のもつとも燻さるる
木道へ上つてきたるゐもりかな

さるをがせ雨粒とどめゐたりけり

涼しさの要に碧き山上湖

炎天や体内時計ずれしまま

熱きものよく売れてゐる夜店かな

秋近し土偶に深き臍の穴

土用芽の切り口匂ふうすみどり

猿酒

いつまでも山並青き帰燕かな

鈍行の来るたび染まる酔芙蓉

ふり仰ぐ空の青さよ秋出水

新涼や樹林の底の水明かり

秋茄子が来て元気かと電話来て

稲びかり裏見せて吊るフライパン

城塞の石組痩せて曼珠沙華

鵙啼くや腕を大きく廻したる

ふんだんに月明入れて眠りけり

秋晴や芝養生の砂を撒く

くつきりと旅のはじめの秋の虹

取れさうで取れぬかさぶた秋暑し

山肌に大いなる影鷹渡る

秋陰や伐る段取りの白テープ

葉か魚か水澄みきつて止まらず

声のして案山子が立つてゐるばかり

名探偵ポアロの推理夜長の灯

奥山へ渡る木の橋ましら酒

鎖場を上りきつたる大花野

湿りゐるポケット図鑑夕花野

参籠所出て早暁の霧の中

悼・金久美智子先生

秋深し遺墨となりし師の色紙

師の遠し秋の極みの月繊し

見るたびに島影変はる秋思かな

丘めけるところ墓あり稲架襖

岩峰の切つ先触るる秋の空

蛇神を祀る家々野紺菊

ふつくらと茅葺の家あきざくら

読み返す『仰臥漫録』秋の風

畑捨てて庭木も捨ててそぞろ寒

芳しき桂のそばの毒茸

休憩を誘ふパソコン秋の暮

秋寒や畝をくづれし土を踏み

きらきらと輪袈裟吹かれて秋遍路

月見団子右へ回して雨の句座

萩刈るや琵琶湖奥まで明るき日

特急の白光り行く末枯野

雁がねやポストに落とす文一つ

鶲来てやうやう庭の整ひぬ

奥能登へ通ずる山路むかご採る

一列は神々のもの晩稲刈る

すひのみをあてがはれたる夜寒かな

換気点検より病院の冬支度

返り花

冬霧のほどけゆくまで木の椅子に

冬めくや屋号染め抜く貸しシーツ

病床に修する夫の忌枇杷の花

なされるがままを肯ひ小六月

神の留守何をするにもコールして

病窓や影を大きく百合鷗

けさよりはこれが我が窓雪の比良

山守は仙人の貌棢爆づる

冬ざれの里に八景あると云ふ

水湊や分校跡に借る厠

見るうちに波尖りくる神の旅

もう影を落さぬ高さ百合鷗

作務の顔上ぐれば尼よ竜の玉

返り花人に貰うて飲む薬

唐崎は蘆より枯の始まりぬ
藁ぼこり氏子の数の注連を綯ふ

仏にもちよと分けてやる蟹雑炊

まらうどの往にし夜更けの炭をつぐ

引波にかぶさる波や年暮るる

湧き潮の船を揺さぶる寒さかな

島みちの上り下りや冬の雨

休符正しく歌ふアカペラ年の果

年惜しむ波の響きに耳あづけ

宝舟弁天様の皺伸ばし

真ん中に出世魚吊り幸木

みづうみの沖まで凪げる淑気かな

初風と思へるまでに風落ちて
その間にも知恵つく幼な三が日

若菜摘むいつもの山を遠く見て

干支菓子の一巡二巡初句会

受付に託す花束琴始め

漁港には漁港の匂ひ松過ぎぬ

祭神にされたる人よ初みくじ

線刻の弥陀のかんばせ日脚伸ぶ

松明けの相客をらぬレストラン

夜のうちに減り野施行の塩むすび

輝の手に展覧会の図録かな

冬薔薇装幀堅きツルゲーネフ

紫香楽宮は短命山眠る

冬深し居留守をつかふことに慣れ

日の落ちて風唸りだす寒土用

集ひたる人みな雪の嵩を言ふ

着ぶくれて婆様らしくしてをりぬ

立てつけの悪しき扉や雪女

風の夜の明けて眩き雪の嶺

寒林や樹液吸ふ音こだませる

単純な色の鬼どちやらひけり

鬼たちのいきいきとゐる追儺かな

あとがき

本句集は『坂』『晴好』『雨奇』に続く、私の第四句集である。と同時に、私自身の選による最後の句集になるだろうと思う。というのも、前句集刊行後、神経系の病を罹患し、一人でできることが日増しに減って、車椅子の暮しを余儀なくされているからである。

この五年間も様々なことがあった。月刊誌「漣」の創刊、難病罹患、「漣」休刊。中でも病気で「漣」休刊に至ったのは想定外のことだった。「漣」の未来を信じてここに集ってくれた仲間には、申し訳ない思いでいっぱいである。せめて、この句集を出すことで、俳人としての気概を見せたい。そんな気持ちからこの句集を編んだ。勝手な言い分だが、これをお詫びとさせて欲しい。あとは元気な主宰の元で大いに羽ばたいてくれることを切に願っている。

なお、本句集の収録期間は長くなく、作風の変化もあまりないとの判断で、今回は編年体ではなく、春夏秋冬新年を二巡させてみた。

最後になったが、病身の私を励まし、支えてくださったすべての方には深く感謝している。とりわけ本書刊行にあたっては、本阿弥書店の黒部隆洋様に大変お世話になった。厚く御礼申し上げる。

二〇二二年歳晩

前田攝子

著者略歴

前田攝子（まえだ・せつこ）

1952年11月26日京都市生まれ
1993年　１月「氷室」入会　金久美智子に師事
1997年 ~2013年「氷室」編集部・副編集長・編集長
1999年　京都俳句作家協会年度賞(コンクール制第一回)受賞
2001年　句集『坂』上梓
2013年　句集『晴好』上梓（第63回滋賀県文学祭文芸出版賞受賞）
2014年　「晨」同人参加
2017年　「漣俳句会」設立、「氷室」退会
2018年　月刊誌「漣」発行開始、句集『雨奇』上梓
2021年　「晨」退会
2023年　４月より「漣」休刊予定

現在　日本文藝家協会会員、俳人協会評議員　他

現住所
〒520-0248　滋賀県大津市仰木の里東1-18-18

句集　大桜（おおざくら）

2023年３月７日　発行

定　価：3080円（本体2800円）⑩

著　者　前田　攝子

発行者　奥田　洋子

発行所　本阿弥（ほんあみ）書店

東京都千代田区神田猿楽町2-1-8　三恵ビル　〒101-0064

電話　03(3294)7068㈹　　振替　00100-5-164430

印刷・製本　日本ハイコム株式会社

ISBN978-4-7768-1633-1（3349）　Printed in Japan